Je veux être infirmière

Autres titres dans cette série :

Je veux être médecin
Je veux être pilote
Je veux être policier
Je veux être pompier
Je veux être vétérinaire

JE VEUX ÊTRE
Infirmière

DAN LIEBMAN

FIREFLY BOOKS

A FIREFLY BOOK

Publié par Firefly Books Ltd. 2006

Première impression 2006

Catalogage avant publication de Bibliothèque et Archives Canada

Liebman, Daniel
Je veux être infirmière / Dan Liebman ; texte français de Tsipora Lior.
Traduction de : I want to be a nurse.
ISBN-10: 1-55407-107-0
ISBN-13: 978-1-55407-107-4
1. Infirmières – Ouvrages pour la jeunesse. I. Lior, Tsipora, 1940- II. Titre.
RT82.L54514 2006 j610.73'06'9
C2005-904487-X

Publié au Canada par :
Firefly Books Ltd.
66 Leek Crescent
Richmond Hill, Ontario L4B 1H1

Publisher Cataloging-in-Publication Data (U.S.)

Liebman, Dan.
  [I want to be a nurse. French]
  Je veux être infirmière / Dan Liebman.
[24] p. : col. photos. ; cm. (I want to be)
Summary: Photographs and easy-to-read text describe the job of a nurse.
ISBN-10: 1-55407-107-0 (pbk.)
ISBN-13: 978-1-55407-107-4
1. Nursing – Vocational guidance – Juvenile literature.
I. Title. II. Series.
610.73/06/9 dc22 RT82.L54 2006

Publié aux États-Unis par :
Firefly Books (U.S.) Inc.
P.O. Box 1338, Ellicott Station
Buffalo, New York 14205

Traduction française : Tsipora Lior
Imprimé en Chine

L'éditeur tient à remercier le Conseil des Arts du Canada, le Conseil des arts de l'Ontario et le Gouvernement du Canada, par l'entremise du Programme d'aide au développement de l'industrie de l'édition, de l'aide financière accordée à son programme de publication.

Cette infirmière aime son métier. Elle soigne les malades et aide les gens à rester en bonne santé.

De nombreuses infirmières travaillent dans un hôpital. Les médecins et les infirmières travaillent étroitement ensemble.

Une infirmière accueille un jeune patient et son ourson.

Une infirmière doit réconforter les patients, même si elle est très occupée. Un sourire est toujours de mise !

Cette infirmière travaille dans le cabinet d'un médecin.

Cette infirmière fait des visites à domicile. Elle vérifie la pression artérielle d'une dame.

Ce nouveau-né sera surveillé jour et nuit par une infirmière jusqu'à ce qu'il aille mieux. Une partie importante du travail d'une infirmière consiste à tenir les dossiers.

Les infirmières apprennent à utiliser des machines spéciales pour surveiller la santé de leurs patients.

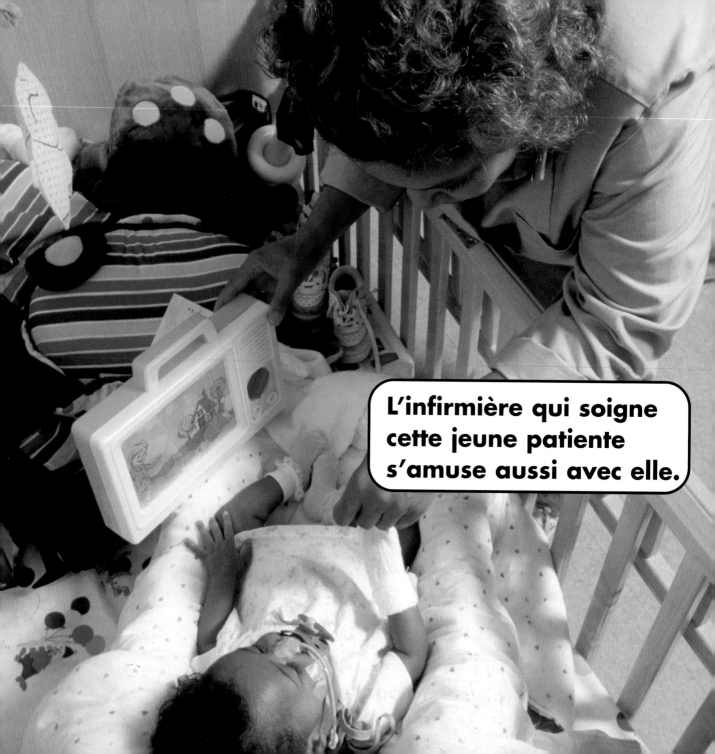

L'infirmière qui soigne cette jeune patiente s'amuse aussi avec elle.

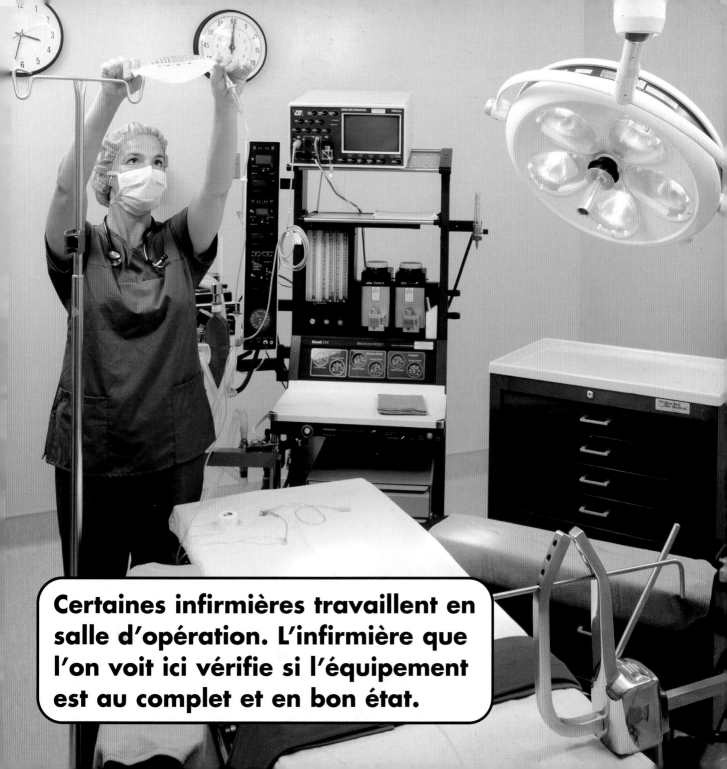

Certaines infirmières travaillent en salle d'opération. L'infirmière que l'on voit ici vérifie si l'équipement est au complet et en bon état.

Les bactéries se propagent très vite. C'est pourquoi les infirmières et les médecins portent des masques et des gants pendant une opération.

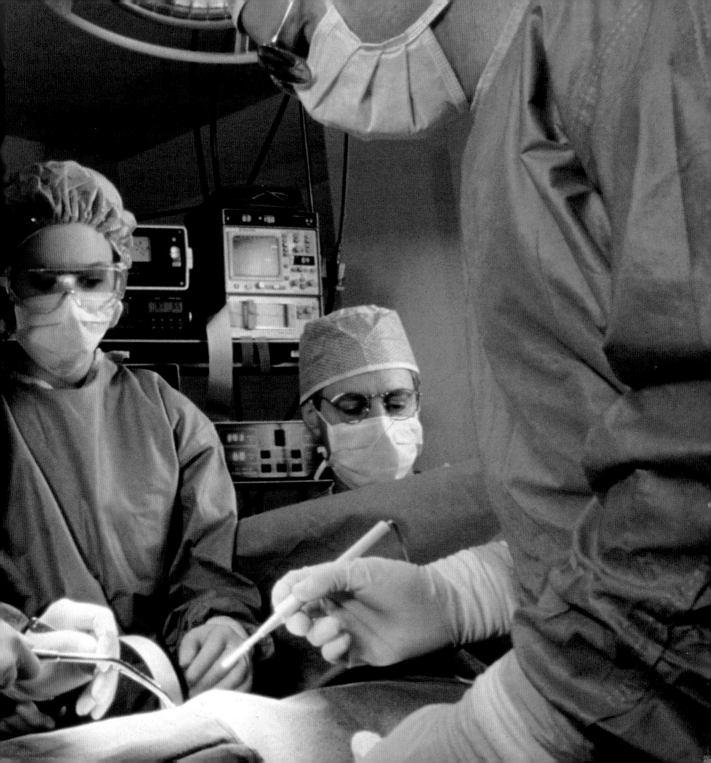

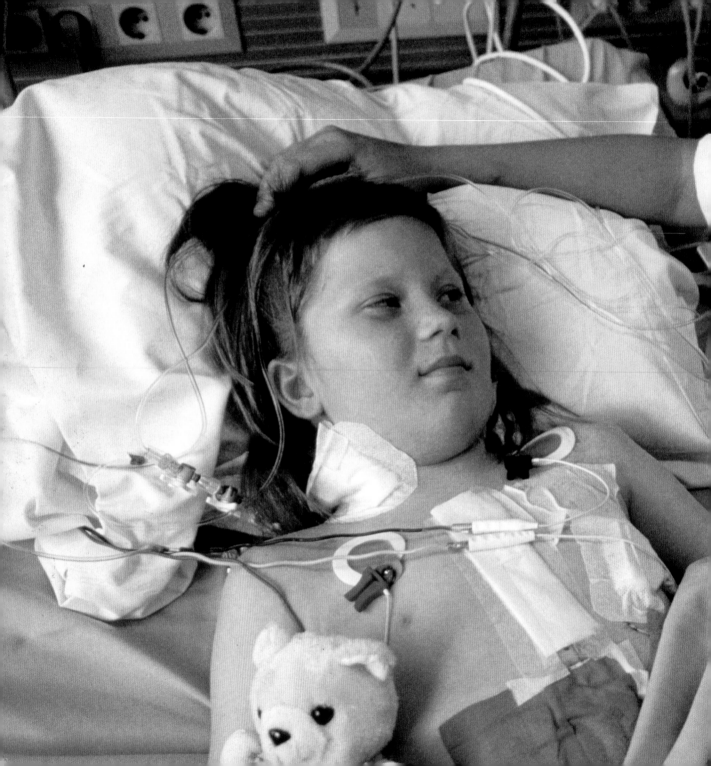

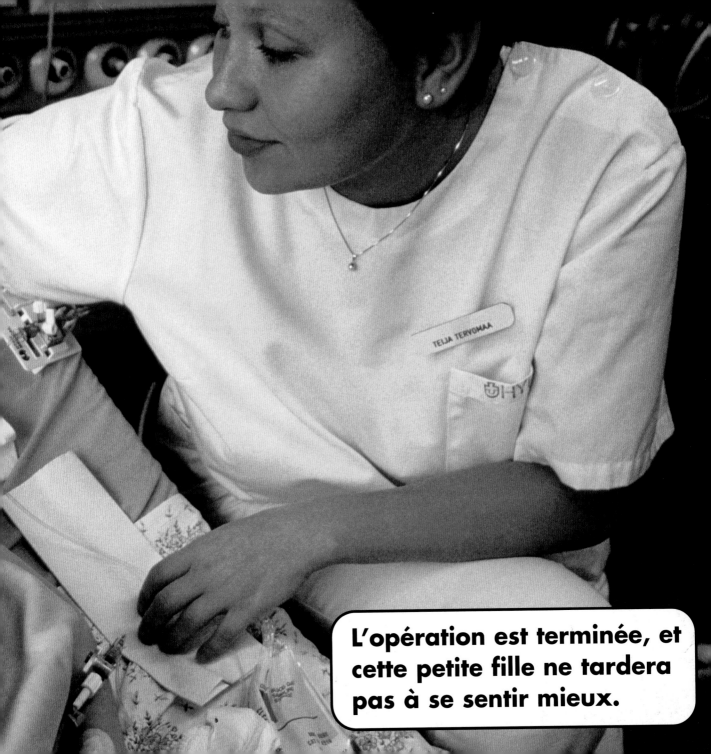

L'opération est terminée, et cette petite fille ne tardera pas à se sentir mieux.

Une patiente reçoit des soins infirmiers deux fois par semaine. Sa jambe se renforce de jour en jour.